Die Fee von Argouges

Luise Büchner

Normännische Sage

Der Ritter von Argouges wohnte auf dem Schlosse seiner Väter, in der Nähe der alten Stadt Bayeux, und trieb da all' die Kurzweil, die einem hochgebornen Herrn erlaubt und angenehm ist. Er war tapfer, schön, gewandt und in allen ritterlichen Künsten wohl erfahren. Obgleich er grade nicht an übergroßer Bescheidenheit litt, schien es ihm doch seit einiger Zeit, als ob ihn bei seinen Unternehmungen eine höhere Kraft unterstütze und lenke. Erst in der jüngsten Zeit war ihm die Besiegung eines furchtbaren Riesen, der die ganze Gegend unsicher machte, gelungen, und noch in der Erinnerung dünkte es ihm fast unmöglich, daß er dessen Keulenschlägen hatte entgehen können. Mein Gott, der Ritter hatte eben Glück, und war wenigstens so ehrlich, sich dies selber zuzugestehen.

Eines Tages, es war im Juli, aber ein köstlicher Seewind lähmte die Kraft der Sonne, die breit und golden auf dem saftigen Grün der Wiesen lag und in lichten Scheiben durch die verschlungenen Aeste einer Lindenallee fiel durchritt der Herr von Argouges diese Allee langsam, um sich zur Jagd in den nahegelegenen Wald zu begeben.

Da erhob sich am Ende der Allee eine goldglänzende Staubwolke, die näher und näher kam, bis aus dem Rahmen eine Gestalt nach der Andern klar und deutlich hervortrat. Dem Ritter vergingen fast die Sinne, als er nun sah, wie eine Schaar von zwanzig Frauen, so schön, wie er noch keine gekannt, ihm auf prächtigen, schneeweißen Rossen entgegenkam. Sie trugen lange, grüne Jagdgewänder, ein grünes Hütchen mit weißer wallender Feder auf den blonden oder braunen Locken und ein silbernes Hüfthorn an der Seite. Als sie den Ritter gewahrten, blickte die eine schelmisch, die andere stolz, die Dritte schlug die Augen nieder aber sie hätten sich alle diese Mühe ersparen können, denn er hatte nur Augen für die Eine, die an der Spitze des Zuges ritt, und die Uebrigen, wie unmöglich dies auch fast erschien, doch noch weit an Schönheit übertraf. Sie war frisch und blühend, wie das Land, dem sie entstammte, und recht eigentlich das Urbild seiner starken kräftigen Frauen. Wie der sonnendurchglühte Apfel am Baume, so blühte die Wange, welche die nußbraune Locke umflog und dem Meerschaume, mochte das glänzende Weiß der Stirne entwendet sein, unter der die braunen Augen hell aufblitzten.

Der Herr von Argouges war ehrerbietig zur Seite geritten, den königlichen Zug vorüberzulassen, und sein Blick hing unverwandt an dessen Führerin.

Da, als sie dicht vor ihm war, zog sie den goldnen Zügel ihres Rosses scharf zurück, daß es hoch aufbäumte und sagte mit einer Stimme, die voll und lieblich klang, wie der Ton einer silbernen Glocke: »Mein Herr Ritter, wollt Ihr mir erlauben, mit meinem Gefolge in Eurem Forste zu jagen, und wollt Ihr uns dahin begleiten?«

Der Herr von Argouges war wie verzaubert; er nickte stumm, lenkte seinen Rappen an die Seite der schönen hohen Frau, und nachdem sie noch einen langen Blick mit einander getauscht, setzten sich ihre Pferde in Bewegung. Schneller und immer schneller, wie von der Erde losgelöst, flogen sie dahin über den Wiesenplan, über Gräben und Hecken, und hinein in den Wald. Aber die schattige Kühle, die er ausathmete, vermochte die Gluth, die Beider Herzen schon erfüllte, nicht mehr zu dämpfen. Ohne Rast flohen sie tiefer und tiefer in das grüne Dickicht, bis sie den Blicken ihres Gefolges vollständig entschwunden waren. Schon lange hatten die Schelmische, die Stolze, die Sittsame und alle Uebrigen ihren Lauf gemäßigt diesem Ritte war weder bei- noch nachzukommen, und Eine nach der Andern blieb zurück, ihre Königin dem Schutze des Herrn von Argouges überlassend.

Diese war in der That wohl aufgehoben; dort wo die Quelle zwischen weichem Moose über glatte Kiesel sprang und ein Kranz von Buchen die breiten Aeste zu einem grünen Dome ineinander flocht, saß die schöne Frau auf einem moosbewachsenen Felsen und fächelte sich die heiße Wange mit einem Buchenzweige, zwischen dessen Blätter nun ihre Augen so goldne Lichter spielen ließen, wie vorhin die Sonne zwischen den Zweigen der Lindenallee. Der Ritter war auch vom Pferde gesprungen, hatte sich der schönen Dame zu Füßen geworfen, sog die gefährlichen Sonnenblicke immer tiefer in das Herz hinein und seufzte laut.

»Was fehlt Euch, Herr Ritter?« fragte die stolze Frau mit freundlichem Lächeln. »Ihr, der tapferste aller Ritter, Ihr, der Ihr erst kürzlich den Riesen besiegtet, Ihr liegt hier wie ein kleiner Knabe, dem man sein Spielzeug genommen«.

»Himmlisches Wesen«, seufzte der Ritter mit bebender Stimme, »holdselige Frau, Deine Schönheit wirft mich tiefer in den Staub, als ich dem Riesen oder einem anderen meiner Gegner gethan!«

»Du sprichst schön«, antwortete die Dame, die Augen niederschlagend, »und ich fühle es am Klopfen meines eigenen Herzens, daß Du die Wahrheit redest!«

Der Ritter seufzte nun nicht mehr, mit einem Freudenschrei sprang er auf seine Füße und ließ sich auf den Felsen neben seiner schönen Freundin nieder.

»Also wirklich Du liebst mich?«

»Ich liebe Dich!«

»Ach, welch' ein Glück!«

Der Ritter umfaßte die schöne Dame und drückte sie an sein Herz, aber sie machte sich los und sagte, seine beiden Hände mit ihren weißen Fingern umschließend:

»Höre erst, o mein Geliebter, was ich Dir zu sagen habe: Ich bin keine gewöhnliche Sterbliche.«

»Nein, eine Göttin, ein Engel, eine Fee«, rief der verliebte Ritter.

»Du hast es errathen«, sagte sie sanft, »ich bin wirklich eine Fee, die Dich schon lange zärtlich liebt. Mit der überirdischen Kraft, die Dich seit einiger Zeit beseelt, habe ich Dich ausgerüstet, und so groß ist meine Liebe zu Dir, daß ich allen Freuden und Genüssen des Feenlebens entsagen, Dir nach Deinem Schlosse folgen und Deine Gattin werden will!«

So demüthigend für den Ritter auf der einen Seite die Entdeckung war, daß nicht er allein den Riesen besiegt, so schmeichelhaft war hingegen das Bewußtsein, von einer Fee geliebt zu werden. Da seine Hände gefangen waren, so drückte er einen heißen Kuß auf die Stirn seiner geliebten Fee und schwur ihr ewige Treue.

»Dieses Schwures bedarf es nicht«, sagte sie lächelnd, »es ist meine Aufgabe, Deine Treue ohne solchen festzuhalten, wohl aber mußt Du mir schwören, niemals in meiner Gegenwart das Wort ›Tod‹, auszusprechen. Sobald Du es thust, muß ich Dich auf ewig verlassen«.

»Sonst nichts?« rief entzückt der Ritter. »Wie soll ich an den Tod denken, wenn ich Dich, mein Leben, bei mir habe? Ich schwöre Dir bei allen Mächten der Ober- und Unterwelt, daß dieses Wort niemals meinen Lippen entschlüpfen soll!«

Nun ward der Bund geschlossen, man sank einander entzückt in die Arme, und nach einer Weile ward beschlossen, den Heimweg wieder anzutreten.

Wie lange dieser währte, weiß Niemand; langsam ritt man durch den mondbeglänzten Abend, hielt an, um sich in die Augen zu sehen und süße Worte zuzuflüstern, und kam endlich im Schlosse von Argouges an, wo am nächsten Tag die Hochzeit mit aller erdenklichen Pracht und Lustbarkeit gefeiert wurde.

Das Glück des schönen, stolzen Paares war vollkommen und wurde selten durch kleine Zwischenfälle gestört. Die liebenswürdige Frau von Argouges faltete bescheiden ihre Schwingen zusammen, um den Gemahl ihre feenhafte Ueberlegenheit nicht empfinden zu lassen, und der Ritter gewöhnte sich nach und nach an das berauschende Bewußtsein, eine Ueberirdische zur Gemahlin zu haben. Schöne, blühende Kinder belebten bald die sonst so stillen Räume des Schlosses, und in der ganzen Normandie war keine glücklichere Familie aufzufinden. Der Ritter hielt fest an seinem Schwure, obgleich ihm dies anfänglich schwerer fiel, als er selber dachte. Ein Ritter, der nicht fluchte, wäre eine so seltene Erscheinung, wie Schnee und Eis mitten im Sommer, und: »Tod und Hölle!« oder »Tod und Teufel!« das sind denn doch die echt adligen Ritterflüche, bei denen der Brustharnisch so herrlich rasselt, wie wenn man mit der Eisenfaust darauf schlägt. Aber der Herr von Argouges bezwang sich ritterlich; so oft ihm diese Kraftausdrücke auf die Zunge stiegen, und wenn sein belastetes Herz durchaus einer Explosion bedurfte, begnügte er sich mit einem einfachen »Donnerwetter!« oder mit einem andern plebejischen Fluche, den er seinen Knappen entlehnte.

Die finstern Mächte aber, die nimmer rasten, suchten auch dieses Glück feindlich zu zerstören. Auf dem Nachbarschlosse des Herrn von Argouges sollte eine große Hochzeit gefeiert werden, zu der man von weit und breit die vornehmsten Gäste geladen hatte. Daß der Ritter mit seiner schönen Frau unter diesen war, versteht sich von selbst. Besonderes Interesse erregte das Fest durch die große Schönheit der jugendlichen Braut, die in dem weißen Atlasgewande, mit dem Schleier und dem Myrthenkranz geradezu wie ein Engel aussehen mußte.

Die Frau von Argouges fühlte sich durch diese Betrachtung weniger erbaut; bis dahin war sie überall, wo sie erschien, unbestritten die Schönste gewesen sollte ihr nun dieser Rang entgehen? Sie beschloß daher, auf ihre Toilette eine Mühe zu verwenden, wie nie zuvor. Schon seit Wochen bewegte ihr überirdisches Herz die inhaltschwere Frage: »Welches Kleid werde ich anziehen? Das weiße, das die Elfen aus Mondesstrahlen gewoben, oder das himmelblaue aus Aetherduft gebildete, oder das duftige Rosengewand von Nebeln, welche die Abendröthe angehaucht, oder das seegrüne Kleid, gewirkt aus der spiegelglatten Fläche des Oceans?« Weiß das ging nicht! diese Farbe trug die Braut! Blau keine rechte Abendfarbe! Rosa zu mädchenhaft! Seegrün dies paßte und war zugleich das Neueste!

Der verhängnißvolle Tag erschien, und schon frühzeitig zog sich die schöne Frau in ihr Gemach zurück, ihre Toilette zu beginnen. Der Gemahl begleitete sie bis an die Thüre und sagte, nach einem zärtlichen Abschiedskuß, in etwas gedrücktem Tone: »Nicht wahr, mein Liebchen, Du läßt mich nicht zu lange warten?« Man konnte merken, daß hier ein wunder Fleck war, den er mit demüthiger Scheu berührte. »Sei ohne Sorgen«, antwortete sie, »ich bin in einer Viertelstunde fertig!«

Der Ritter mochte der Viertelstunde nicht ganz trauen, denn er befahl seinem Knappen, die Pferde nach zwei Stunden bereit zu halten.

Im Toilettenzimmer begann die Arbeit. Die Kammerzofen der Frau von Argouges kämmten ihr die langen, braunen Locken und durchflochten sie auf die kunstreichste Weise mit köstlichen Perlen. Aber sie war nicht damit zufrieden; kaum waren sie fertig, als sie erklärte, dieser Kopfputz sei unerträglich steif, sie wolle weiße Rosen haben, und mit diesen müsse auch das grüne Kleid geschmückt werden. Die Zofen flogen hinab in den Garten, kamen mit prachtvollen Rosen zurück und vollbrachten neue Wunder der Geschicklichkeit. Als sie eben fertig waren, wurden die prächtig geschmückten Pferde des edlen Paares vor die Schloßtreppe geführt; denn die zwei Stunden waren verflossen, und der Ritter pochte an die Thüre und fragte bescheiden, ob seine Gemahlin bereit sei.

»Keineswegs!« lautete etwas ärgerlich die Antwort der schönen Frau, indem sie die weißen Rosen wieder aus den Locken riß. Zu ihren Kammerfrauen gewendet, fuhr sie fort: »Ich kann mich so nicht sehen; ich bin wie eine geschmückte Leiche; geschwind das rothe Kleid herbei, grün steht mir heute gar nicht!«

Während der Ritter ungeduldig im Nebensaale auf-und niederschritt, wurde das grüne Kleid ausgezogen und das rothe geholt. Es stand ihr herrlich; aber nun konnte die Frau von Argouges sich nicht entscheiden, ob sie eine weiße oder rothe Schärpe um ihre schlanke Taille binden solle. Der Ritter ging, um nach der Uhr zu sehen. Welche Vortheile bot doch die alte Zeit! Jetzt reißt ein ungeduldiger Gatte die Uhr in einer Stunde zehnmal aus der Westentasche; der Ritter mußte erst hinunter in den Garten gehen und die Sonnenuhr aufsuchen. Ihre Zeiger warfen lange Schatten; die Hände geballt, stieg er wieder hinauf an die verhängnißvolle Thüre: »Bist Du noch nicht fertig? wir müssen fort«.

Zähneknirschend trat der Ritter an das Fenster, die Pferde scharrten den Boden und bäumten sich, in seinem Herzen bäumte sich gleichfalls ein wilder Zorn; die schöne Frau aber stand ruhig vor ihrem Spiegel, hielt sich prüfend blitzende Demantschnüre an die Locken und befahl endlich ihren Zofen, sie damit zu schmücken. Der Ritter raste an der Thüre.

»Bist Du noch nicht fertig? Ich gehe allein!«

»O, es ist schändlich, wie Du mich behandelst! Wenn Du nur eine Minute auf mich warten sollst, so ist es Dir zu viel!« Sie hätte gern geweint, wenn dies den Glanz ihrer schönen Augen nicht beeinträchtigt hätte. Erschöpft, seiner Sinne kaum noch mächtig, sank der Herr von Argouges in einen Sessel.

»Nun hole mir noch eine volle Purpurrose«, sagte indessen seine reizende Quälerin zu ihrer Zofe. Die Rose kam, sie wurde am linken Ohre befestigt noch einen Blick in den Spiegel, die schöne Fee war mit sich zufrieden; sie konnte es nun mit der jüngsten und schönsten aller Bräute aufnehmen.

Der Ritter hatte unterdessen alle Stadien des Zornes und der Wuth durchlaufen und war auf dem Gipfel der Verzweiflung, bei der Ironie, angekommen, als seine liebreizende Gattin ihm nun entgegentrat. »Schöne Dame«, sagte er mit kaltem Tone und seines Schwures vollständig vergessend, »Ihr brauchet wahrlich so viel Zeit, um Euch schön zu machen, daß man Niemand besser als Euch nach dem Tode schicken könnte!«

Ein furchtbarer Schlag erschütterte das Schloß in seinen Grundvesten, tiefe Finsterniß umgab den Ritter, und als sie gewichen, und er wieder zu sich selbst kam, war seine geliebte Gemahlin auf ewige Zeit verschwunden. Er hatte das entsetzliche Wort ausgesprochen, das sie nicht hören konnte.

Die einzige Spur, die sie von sich zurückließ, war der Abdruck ihrer zarten Hand auf dem Schloßthore; in stillen Nächten aber, da wimmert es heute noch leise und klagend durch die Gärten und Hallen des Schlosses von Argouges: »Tod! Tod!«

So grausam, aber gerecht wurde der Mann gestraft, der seiner Gemahlin das unschuldige Vergnügen, sich nach Lust und Laune zu putzen, nicht gönnen mochte. Indessen scheint es uns doch ein großes Glück zu sein, daß heutigen Tages die Frauen, die zu lange Toilette machen, nicht mehr kraft des männlichen Zornes zu verschwinden brauchen; denn wir fürchten, es würde da gar manche Fee von Argouges ruhelos zwischen Himmel und Erde umherirren.